AF602340

LE
VRAI SYSTÊME
DES FLEURS,

POËME.

PAR M. LEFEBURE,

Ancien Sous-Préfet de Verdun, Professeur de Botanique à l'Athénée royal de Paris, pensionnaire de l'État.

Crescite et multiplicamini, et replete terram.
GENÈSE.

DE L'IMPRIMERIE DE RICHOMME.

A PARIS,

Chez GUITEL, Libraire, rue J. J. Rousseau, N°. 5.

1817.

LE VRAI SYSTÊME DES FLEURS.

Réjouis-toi, belle Glycère,
Bientôt le printemps sur la terre
Etendra ses tapis de fleurs;
Des zéphyrs la troupe légère
Viendra parfumer l'atmosphère
De leurs plus suaves odeurs.
  Vois-tu l'astre qui les colore,
Dévoilant son front radieux,
Tour-à-tour les presser d'éclore?
  Eh! déjà, pour plaire à tes yeux,
De neige encor toute couverte,
Au jour qui vient de commencer,
Vois-tu de la terre entr'ouverte
La primevère s'élancer?
  Que faites-vous, fleurs imprudentes:
Vous ornez trop tôt l'amandier;
Ah! du froid des nuits inconstantes
Craignez le retour meurtrier.
  Mais quelle est cette fleur nouvelle
Qu'un papillon vient caresser?
Aux couleurs dont elle étincelle
Il est donc devenu fidelle:

La tulipe a su le fixer !
La violette qui se cache
Vainement embaume les airs :
C'est à l'éclat seul qu'il s'attache,
Et l'homme est peint dans ce travers.
Enfin une chaleur plus vive
A la Nature plus active
Procure de nombreux enfans.
Chacun d'eux se range en famille,
Et malgré l'éclat dont il brille,
Ne méconnaît point ses parens.
L'humble muguet, caché sous l'herbe
N'en est pas moins du lis superbe
Un frère éclatant de blancheur.
Quoique plus riche en sa couleur,
Cette rose si glorieuse
Soutient sur sa tige épineuse
La ronce dont elle est la sœur.
Aux ardeurs de la canicule
Quelle fleur pourra résister ?
Sous ses feux j'en vois exister.
Dans l'épi le grain s'accumule,
Et sur la terre au loin circule
Le beau lizeron tricolor.
Alors que le soleil sous l'onde
Retire sa lumière au monde,
Dans la nuit, le nyctage encor
Epanouit son vase d'or,
Et le jour douteux des étoiles,
De l'ombre pénétrant les voiles

Nous révèle un nouveau trésor.
  Veux-tu que ton esprit, Glycère,
A ces fleurs trouve plus d'attraits ?
Il faut qu'une étude légère
T'apprenne à discerner leurs traits :
De plus profondes connaissances
T'expliqueront les alliances
De ces êtres si fortunés ;
C'est alors que, d'un œil aimable,
Tu saisiras l'ordre admirable
Dans lequel ils sont enchaînés.
  Qui doutera que pour nos fêtes
De tout temps ils soient destinés :
Ils se balancent sur nos têtes,
Nous en sommes environnés,
Et sur les murs de nos retraites
Nous les voyons enracinés.
  Il n'est point d'espèce vivante
Qui ne trouve dans quelque plante
Des alimens ou des secours,
Ou son asile, ou ses amours.
Des nuits l'ombre rafraîchissante
Et l'ardente chaleur des jours
Aidant à leur noble culture,
Y préparent la nourriture
Des oiseaux qui peuplent les airs,
De ces poissons qui, sous les ondes,
Sortis de leurs grottes profondes,
Les trouvent flottans dans les mers ;
De l'homme enfin qui, sur la terre,

Sans leur utile ministère,
Traînerait un sort languissant.
L'une file son vêtement;
L'autre, par son vin pétillant,
Le rajeûnit, le désaltère;
Celle-ci devient l'élément
Qui le réchauffe ou qui l'éclaire;
L'autre, de sa souffrance amère
Soulage ou guérit le tourment;
C'est ainsi qu'un Dieu tutélaire,
Même de leur vie éphémère,
Compose un éternel bienfait :
Chaque saison, dans son passage,
Ne couvre de fleurs son trajet,
Que pour nous assurer le gage
Des fruits que sa bonté promet.
  Maintenant, qui voudrait détruire
Des fleurs, le charme intéressant,
Que la Nature, à chaque instant,
Met tant d'ardeur à reproduire ?
  Une belle, pour nous séduire,
Veut-elle en orner ses appas ?
Que de l'art la douce imposture
Ose imiter, pour sa parure,
Les fleurs qui naissent sous ses pas.
Mais, que vois-je ! dans son délire,
Plus prompte que les ouragans,
Cette impétueuse Zelmire
Moissonne leurs boutons naissans.
  Que fais-tu, cruelle ignorante ?

Sur ton front chaque fleur mourante
T'accuse d'autant de forfaits ;
De leur trépas ton sein se pare :
Apprends que ton orgueil barbare
Immole des êtres vivans ;
Qu'il fait périr ou qu'il sépare
Ou des époux, ou des amans ;
Car tout s'unit dans la Nature :
Pour le plaisir tout a des sens,
Et le bonheur ne se mesure
Que par les tendres sentimens.

Oui, les fleurs doivent leur naissance,
Glycère, aux flammes de l'amour ;
Il embellit leur existence,
Il les reproduit à leur tour.
N'imagine pas que l'Aurore
Ayant ravi Zéphire à Flore,
Dans ses bras leur donne le jour ;
Mets ce conte au rang des chimères,
Et pénètre enfin des mystères
Dignes d'éclairer ta raison.
   Au retour de chaque saison,
Servant de temple à l'hyménée,
Une corolle fortunée
S'ouvre, et nous fait voir des époux
Unis par des liens si doux,
Que la mort seule peut les rompre :
Jamais nul sentiment jaloux

Ne vient troubler, n'ose corrompre
Ni leur sommeil, ni leurs plaisirs.
A peine, au gré de leurs désirs,
De ce merveilleux mariage
L'ovaire a-t-il reçu le gage,
Qu'ils éprouvent d'autres besoins.
Un plus cher intérêt les presse :
A l'heureux fruit de leur tendresse
On les voit consacrer leurs soins;
Pour en protéger la faiblesse,
Pour écarter ce qui le blesse,
Ils veillent le jour et la nuit :
Dès qu'ils ont assuré sa vie,
Que leur espérance est remplie,
L'un meurt et l'autre se flétrit.
  Je n'ai point invoqué la Fable
Pour peindre ces chastes ardeurs :
Cette alliance est véritable,
Cet hymen engendre les fleurs.
A ce seul rayon de lumière
Je les vois dans leur masse entière
S'offrir sous un aspect nouveau.
Mais tandis qu'au désordre étrange,
Effet brillant de leur mélange,
Succède ce vaste tableau,
A l'aide d'un autre flambeau,
De la tendresse conjugale
Je vois la couche nuptiale
Se transformer en un berceau.
  Si ma plume osait du génie

Retracer le sublime essor,
Je dirais le premier rapport
Dont la noble et douce harmonie
A frappé l'œil de TOURNEFORT.
Plus sage que l'ancienne école,
Il a fondé sur la corolle
Un premier ordre dans les fleurs.
C'est en vain que ses successeurs
Ont jugé cet ordre frivole :
La Nature l'a consacré ;
Elle-même elle a séparé
La buglosse et la pulmonaire,
De l'aster, de la cineraire ;
Elle a voulu que le prunier
Du cerisier devint le frère,
Comme le pin l'est du cyprès,
Ou l'œillet de la saponaire,
Ou le cytise des genêts.
  On distingue avec assurance
La corolle à ce trait formel,
Et c'est cet ordre universel
Qu'après vingt siècles d'ignorance
Vient nous révéler un mortel.
  Sur ses pas un rival s'élance :
Qu'il ne craigne pas son offense ;
C'est LINNÉ, son admirateur :
Il agrandira la science
Dont TOURNEFORT est créateur ;
Il apprend : découverte utile !
Que l'essence de chaque fleur
Est de montrer dans sa splendeur

A-la-fois l'organe fertile
Et l'organe fécondateur.
C'en est assez : ce phénomène
Désormais règle ses travaux.
Venez, dit-il aux végétaux :
Recomposez une autre chaîne
D'après des attributs nouveaux.
Pressez-vous au sein d'une rose,
Organes qui vous mariez ;
Dans ton calice ouvert, expose
Tes ménages multipliés,
Tournesol, que le ciel compose
De mille fleurons variés.
Espérez des jours favorables,
Saules, sapins, figuiers, érables :
Vous aurez vos momens heureux ;
Quand vos organes amoureux
Vivraient séparés sur deux tiges,
Attendez-vous à des prodiges
Plutôt qu'à voir tromper vos vœux.
Puis qu'ainsi le sort détermine
Vos alliances, vos accords,
Hâtez-vous, pistil, étamine :
Livrez-vous à vos doux transports ;
Que soudain mon esprit vous place
Dans un genre, un ordre, une classe
Qui semblent vous appartenir.
Il dit ; à l'instant tout s'enlace,
Et la Nature, au plan qu'il trace,
Semble se presser d'obéir.

Mais sur deux bases différentes,

Pourquoi ces illustres rivaux
Composent-ils, des mêmes plantes,
Des assortimens inégaux ?
Dans cette recherche infinie,
Faut-il que même le génie
Laisse des traces du chaos ?
Non, Glycère : jamais plus pure
Ne s'est offerte la Nature
Aux regards de ses scrutateurs ;
Jamais plus dignes interprètes
N'ont expliqué les lois secrètes
Du double enchaînement des fleurs.
Mais comme ils ont de deux problêmes
Résolu la difficulté,
On attribue à leurs systêmes
Une fausse rivalité.
Dans sa marche, également sûre,
L'un classe, d'après leur figure,
Les fleurs dont il peint le portrait,
Quand l'autre, dans leur mariage,
Saisit plus tard un nouveau trait,
D'où résulte un second partage ;
Mais chacun d'eux, dans son ouvrage,
N'a signalé qu'un même objet
Par les deux lois élémentaires
Dont la Nature, en ses mystères,
Compose un systême parfait.
Quelle est donc la fausse science
Qui renverse un ordre si beau,
Dans sa fatale expérience

Etouffe ce double flambeau ?
Elle insulte à deux noms célèbres,
Et replonge dans les ténèbres
La Botanique en son berceau.
Que dirais-tu, si, de la sphère
T'offrant les cercles effacés,
On prétendait ainsi, Glycère,
T'expliquer les lieux de la terre
Où divers peuples sont placés ?
Eh bien, c'est la même ignorance
Qui repousse deux attributs
Dont la simple et douce alliance
A rangé les fleurs par tribus.
Connaissons enfin la puissance
Qui, présidant à leur naissance,
A démêlé leurs traits confus.

La terre, humide et froide encore,
En vain demandait à l'aurore
Un vêtement et des atours;
Enfin de l'astre qui l'éclaire
Elle implore ainsi le secours :
Père des saisons et des jours,
Si je suis digne de te plaire,
Accorde-moi quelques faveurs.
De mes sœurs modeste rivale,
Permets qu'imitant les couleurs,
Devant toi ma ceinture étale
Au moins une écharpe de fleurs.

Du haut de la voûte éternelle
Le soleil répond à ses vœux.
Oui, dit-il, planète fidelle,
Je t'échaufferai de mes feux;
Mais à mes regards amoureux
Veux-tu paraître toujours belle,
Sur une spirale annuelle,
Offre-moi, dans ton cours heureux,
Chaque jour une fleur nouvelle.
  Tout-à-coup un trait lumineux,
Dessinant des routes chéries,
Divise les zônes fleuries
Où, marchant à pas inégaux,
Les jours sèmeront par séries
Les familles des végétaux.
TOURNEFORT de ce nom décore
Ces faisceaux purs et naturels
Qu'un même rayon fit éclore,
Et que des retours annuels
A nos yeux ramènent encore
Dans leurs cercles perpétuels.
De l'amitié charmant symbôle,
C'est la forme de la corolle
Qui régla ces assortimens;
Depuis, ce fut dans leur ménage
Qu'on retrouva la douce image
De leurs nouveaux enchaînemens.
  Quand une puissance immortelle
Eut rassemblé les élémens
D'une combinaison nouvelle

Et créé l'espace et le temps,
Par une sagesse profonde
Elle détacha de sa cour
L'Amitié, pour fonder le monde,
Et pour le gouverner, l'Amour.
Sur ces deux fondemens repose
L'origine de toute chose,
L'ordre constant de l'univers;
Oui, c'est d'amour qu'il se compose:
La haine a créé les enfers.
  Cependant la céleste voûte
Ouvre la plus superbe route
A l'Amour, qui descend des cieux;
L'Hymen l'a suivi sur la terre:
Il tient le flambeau de son frère,
Et l'Amitié se place entre eux.
  Tous trois, d'un pas majestueux
Parcourant le cercle des heures,
Ils installent dans leurs demeures
Ces aimables filles du temps;
Ils ordonnent aux vents rapides
D'apporter, leur servant de guides,
Les germes jusqu'alors errans
Des fleurs, dont la terre s'étonne,
Alors qu'elle en voit les enfans,
Chaque jour, malgré ses vieux ans,
Lui tresser la même couronne
Qui para son premier printemps.
  Enfin trois fois à la Nature
Ils ont fait entendre leur voix:

Elle obéit, et sans murmure
S'apprête à proclamer leurs lois.
A l'instant la terre s'agite
Pour décrire son premier tour,
Et dans une juste limite
Circonscrire ainsi chaque jour.
Aussitôt de leur faible germe
Les plantes brisant l'épiderme,
S'élancent, mais sans ornemens,
Et confuses de leur misère;
Elles desirent que la terre
Les engloutisse dans ses flancs,
Quand la Nature les console
Par ces mémorables accens :
D'une magnifique auréole,
Plantes, vous allez vous parer,
Et du jour de votre naissance
Le signe va vous décorer :
Naissez, croissez en abondance.
Près de vous, illustre exilé,
L'homme, sur ce globe mobile,
Traînera dans un corps d'argile
Quelque temps un cœur désolé.
Il n'aura, dans ce triste asile,
Que vous pour témoin de ses pleurs :
Suspendez ses vives douleurs;
Déployez devant lui vos graces;
Que vos odorantes vapeurs
Dans les airs poursuivent ses traces :
Pour ses plaisirs, pour son repos,

Disposez l'herbe et le feuillage,
Et s'il veut dormir sous l'ombrage,
Couronnez son front de pavots.
Ainsi l'ordonne la puissance
Qui ne veut pas que dans ses maux
Il perde jamais l'espérance
De son éternel avenir.
  Ministres de sa bienveillance,
Dans cette douce confiance
C'est à vous de l'entretenir.
  Cependant si l'homme lui-même
Prétendait de votre systême
Un jour faire honneur au hasard,
Faites-lui voir avec quel art,
A deux lois constamment soumise,
Dans la pureté de mon plan,
J'ai combiné l'ordre savant
Des végétaux que j'organise;
Et que sur la course du jour
Si j'ai mesuré vos familles,
Le Temps, par la main de ses filles,
Va les partager à leur tour.
La terre attend dans le silence
Quels sont les nouveaux attributs
Dont les végétaux revêtus
Vont offrir l'heureuse alliance.
  La fête de l'Hymen commence:
Chaque plante, sur un rameau,
Aux fleurs a préparé d'avance
Une place pour leur berceau.

L'Amour agite son flambeau,
L'air se change en lumière pure ;
L'Amitié dit à la Nature :
« Donnez le signal du bonheur. »
  Que vois-je ! ô spectacle enchanteur !
Aux fleurs que chaque jour présente,
Les Heures, d'une main galante,
Vont offrir chacune un mari.
L'étamine est l'objet chéri
Dont le nombre fait reconnaître,
Sur la zône qui les vit naître,
Quelle heure du méridien
A formé leur tendre lien.
C'est cet aimable caractère
Qui rappelle aux fleurs, sur la terre,
L'antique lieu de leur séjour.
  La même corolle, en un tour,
Embrasse le sein de sa mère ;
Mais suivant les degrés du jour,
Chaque heure, d'espace en espace,
Y vient ajouter avec grace
Un nouvel organe d'amour.
Telle est la double loi savante
Dont la simple combinaison,
Au milieu d'un vaste horizon,
Nous fait discerner chaque plante.
Ainsi, par un trait différent,
Linné, de l'aurore au couchant,
Et Tournefort d'un pôle à l'autre,
N'ont fait que rétablir le plan

De ce parterre que LE NÔTRE
N'avait pas même soupçonné,
De ce jardin que la Nature
En deux contours a dessiné.

Qu'elle est belle cette ceinture,
Où, parmi les perles et l'or,
De feux le rubis étincelle,
Mais dont la couleur infidelle
N'a point ébloui TOURNEFORT,
Lorsqu'étudiant son modèle,
Il a rétabli dans ses droits
Chaque famille naturelle.
Les voilà; je les aperçois :
Dans les eaux, les prés et les bois
Partout son crayon les signale.
L'une lui montre son pétale
Arrondissant sa profondeur
Sous la riche forme d'un vase
Entouré toujours à sa base
D'un calice conservateur.
L'autre présente à son étude
Sa parfaite similitude
Dans les contours d'un entonnoir.
Variant leurs métamorphoses,
Celle-ci lui laisse entrevoir,
Entre deux lèvres demi-closes,
L'organe, instrument du savoir;
Mais sa langue toujours muette,

Restant collée à son palais,
En dépit d'elle elle est discrette.
La cruciforme, dans ses traits,
Lui rappelle un signe propice
Du plus auguste sacrifice :
Et comme on voyait autrefois
Le front d'une jeune novice,
Ses quatre pétales en croix
Semblent couronner son calice.
Celle-là, d'un riche appareil
A chargé sa tête pompeuse,
Et radiée ou flosculeuse,
Étale un luxe tout pareil.
L'autre imite par sa corolle
Un vrai papillon qui s'envole ;
Plus illustre est celle des lis,
Car ils servent d'emblême au trône
Et de fleurons à la couronne
Des rois successeurs de Clovis.
Ce sont là les coupes riantes
Dont Tournefort eut le secret,
Quand Linné, savant indiscret,
Nous peint des scènes plus piquantes,
Mais non d'un pinceau plus parfait.
De Tournefort croisant les races,
Il sait reconnaître les places
Où les sexes, comme égarés,
Sur deux tiges sont séparés.
Il nous dira de quelle plante
La poussière au loin fécondante,

Par l'entremise des zéphyrs,
S'envole au sein de son amante
Et met un terme à ses soupirs;
Cependant sa plume éloquente
N'a pas décrit la plus touchante
De ces scènes, où le bonheur
S'annonce, fuit, se représente
Comme une fugitive erreur
Qui nous plaît et qui nous tourmente.
Puissé-je, par un vers heureux,
T'exposant ce dernier mystère,
D'une critique trop sévère
Détourner le trait rigoureux.
Le Rhône couvre un phénomène
Qui se répète dans la Seine
Et dans plusieurs marais lointains.
A l'abri des regards humains,
Il s'y forme des mariages,
Suivis de singuliers usages
Qui depuis peu nous sont connus.
Les mâles, entre eux retenus
Sur une courte et même tige,
Et sous deux feuillets contenus,
Ne pourront, à moins d'un prodige,
Féconder un jour leurs moitiés,
Car les femelles solitaires,
Refusant le doux nom de mères,
Les laissent languir à leurs pieds,
Et d'une pudeur virginale,
Les fuyant même au sein des flots,

Déroulent les nombreux anneaux
Qui portent leur tige en spirale
Jusqu'à la surface des eaux.
C'est là que la vallisnerie
Doit éclore et s'épanouir ;
Il faut que le soleil sourie
A son bouton pour s'entr'ouvrir :
Mais enfin le moment approche
Où son cœur, trop indifférent,
Entendra l'amoureux reproche
D'un époux si loin d'elle absent.
Dans cette rigueur obstinée,
Peut-elle de sa destinée
Éluder la constante loi,
Mourir sans laisser de lignée,
Et n'avoir vécu que pour soi ?
Non : cette fière indifférence
Ne peut rien changer à son sort :
Tandis que sa langueur l'endort,
Chaque époux, dans un vif transport,
Brise le lien qui l'attache,
Loin de sa tige, avec effort,
Pour voler dans ses bras s'arrache,
Et du plaisir passe à la mort.
  Cependant sa veuve attendrie,
Voulant conserver dans son sein
L'image vivante et chérie
De cet époux dont le destin
Va troubler le cours de sa vie,
Cette fière vallisnerie

Fuit désormais l'éclat du jour,
Descend dans l'onde, se replie,
Pour mûrir ce fruit de l'amour.

O merveilles de la Nature !
Tendres fleurs, pompeux ornemens,
Qui renouvelez sa parure
Aux premiers rayons du printemps :
Paraissez, hâtez-vous de naître.
Deux sages nous ont fait connaître
Vos secrets les plus précieux,
Le double nœud mystérieux
Qui l'une à l'autre vous enchaîne,
Et sous l'influence des cieux
Sans cesse à nos yeux vous ramène.
Osons, Glycère, approfondir
Une étude aujourd'hui certaine :
Qui peut la négliger sans peine
Ou la cultiver sans plaisir ?
Maintenant la terre est un temple
Où chaque objet offre un exemple
De paix, d'amour et de bonheur,
Où l'ordre explique son auteur,
Partout à l'œil qui le contemple
Annonce un Dieu consolateur.
Fidelle à ses lois, tout s'engage :
Aux fleurs qui bordent son rivage
Le ruisseau fait part de ses eaux;
A l'abri d'un riant ombrage,

La pervenche étend ses rameaux ;
La vigne à l'orme se marie,
Le nénuphar au sein des flots
Trouve son amante et sa vie,
Et le chant des oiseaux publie
L'amour des fleurs sous les berceaux.
Dans leur admirable systême
Est écrit cet ordre suprême
Qui règle le sort des humains :
Aime, si tu veux que l'on t'aime ;
Voilà nos lois et nos destins.
Ainsi tout naît, vit et respire
Pour se chercher dans l'univers :
L'égoïsme et son froid délire
Signalent un être pervers ;
Le fer suit l'aimant qui l'attire,
Les sons s'unissent dans les airs,
Et même à la voix qui soupire
L'écho répond dans les déserts.

Il ne convient pas sans doute à une imagination refroidie par soixante-trois hivers de s'essayer dans l'art de la poésie, et ce qui doit paraître aussi téméraire, de prendre pour sujet les fleurs; mais au moment de publier son *Atlas botanique*, ou *Clef du Jardin de l'Univers*, l'auteur a cru devoir en exposer sommairement les principes, dans un langage qui, sous une forme moins sèche que la prose, pourra donner au public au moins une idée de sa nouvelle classification des plantes.

Il ose espérer que son ouvrage, actuellement à l'impression, et le cours qu'il se dispose à ouvrir (*), justifieront pleinement, par leur application pratique, l'accueil que ces principes ont reçu à l'Athénée, et l'annonce honorable qui en a été faite dans plusieurs journaux. — On jugera même que l'auteur n'avance rien de trop, en disant qu'à l'inspection de sa méthode on reconnaît les genres divers des plantes avec la même facilité qu'on trouve sur une carte la place où sont situées les différentes villes du monde; que dès la première leçon de ce cours on aura la certitude de marcher constamment dans l'étude de cette science, sans avoir un bandeau sur les yeux, et que dès la seconde on sera en état d'herboriser avec succès.

(*) Ce cours de huit leçons aura lieu deux fois par semaine, dans l'une des salles de lecture, rue Vivienne, n° [illegible]8. Prix de l'abonnement, 24 francs.

www.ingramcontent.com/pod-product-compliance
Ingram Content Group UK Ltd.
Pitfield, Milton Keynes, MK11 3LW, UK
UKHW022207190726
13855UKWH00004B/1663